KB008213

현대시세계 시인선 106

인천역 3번 출구

서순남
시집

인천역 3번 출구

서순남
시집

도서
출판 북인

시인의 말

봄부터 박음질한 시간들
얼떨결에 운전면허 필기시험 통과한 사람이
도로주행 시험까지 와서
룸미러 맞추고 시험관의 '출발' 신호를 기다리는
수험생의 심정이다.

가장 열렬한 독자였고 응원자였던 엄마가
그리운 날
능소화가 흐드러졌다.

2019년 가을

차례

1부

자유공원

각주처럼 살아보겠다더니
켜켜이 들춰지는 매일에
입술을 움찔거린다
얇은 주머니를 자꾸 뒤집어 보이는
핏발선 눈

한때 마음을 출렁이게 했던 앞바다를 품고
가파른 언덕을 오르는 중절모는
한미수교 백주년 기념탑에 기대
뾰족한 눈빛을 가다듬는다
각자의 짐 뒤에 이름을 숨기고

접히지도 호락호락 잡혀주지도 않던 희망은
놓친 두레박처럼 가라앉을 테지만
다시, 사람에게로
번잡한 저녁 6시 30분의 거리로
내려가는 노을

차이나타운

만지작거리던 골목의 반쯤 열린 지퍼를
살그머니 닫더니 뒷머리를 긁적이며
샛길로 사라지는 발소리들
버스가 곧 도착한다는 안내방송에
저만치 서 있던 마음을
불러들이느라 분주하다
괜히 오금에 힘이 들어간 포춘쿠키처럼
몇 번을 망설이던 문턱을 이 봄엔 넘어봐야지

축 늘어져 있던 바람을 부추겨
꿈의 생장점을 응원할 테다
머지않아 이름을 날리게 될 터이니
갓 핀 꽃잎의 낮잠을 방해하지 말 것
배추흰나비
트럭의 궁둥이를 툭툭 두드리며 골목길을 누빈다

숭의깡시장

발밑에 흩어진 볼트를 주워 차근차근
꿈을 조립한다
깊지도 않게 뚫린 구멍 안으로
너트를 밀어넣으면
나사산마다에 쌓여가는 시간
항생제 같은 농담을 발라 가만히 눌러 조이면
플라스틱 화분에선 익어가는 청양고추
튕겨져 나온 드라이버가 길을 잃고 비틀거리기 전
스페어 처리하는 볼링 선수보다
더 신중할 것
속성과외라도 해 보물지도를
내어놓으라 윽박지르지만
작은 통로로 연결되는 지름길은
아무도 모르지
해마다 울타리 안에서
몽글몽글 대추꽃 피워올리는
회색 엉덩이가 길 위에 나앉았다

인천역 3번 출구

혈맥 왕성한 신경계를 가졌던 철길이
무릎관절염을 앓는다

편집 매뉴얼이 지시하는 대로
우루루 몰려왔다 흩어지는 인파
흔한 일상을
아등거리게도 번지게도 곤두세우기도 하던
문자 메시지를 받고도
멀뚱하게 바라보고 선 이정표
오늘은 입맛도 쓰다

어제와 접속을 시도하는
수도권 전철 1호선
시간의 체세포마다에
링크를 건다

근대문학관

— 목요일 오후에는 꽃핀 하나 사러 가야지

큼지막한 어둠이
외벽에 기대어 앉으면
헤쳐모이기를 하는 오늘
말끔한 가격표를 달고
가지런하게 웃고 있는 맑은 눈망울들이
키 작은 꽃처럼 고르게 늘어섰다
가판대 옆 허름한 비닐막은
선명한 신발자국을 남기고
네가 다녀갈
연재소설

가버린 버스 뒤를 바라보던 마음이
무릎 위로 넘어진다
느린 걸음으로 마중 나와
산수유나무 아래 허리를 낮춘 채
저녁나절 어린 불빛에도 멋쩍게
웃고 있는 내 손을 잡던 풀잎
널 닮았다

홍예문虹霓門*
— 낮달

노랑머리를 늘어뜨린 낮달이
손을 흔든다

오전의 표면을 긁어 만든 빗살무늬는
꽃잎처럼 외롭고
반쯤 구워낸 쿠키처럼
들꽃은 더 외로워
무작정 걷다가 마주친 벽돌담에게도
말을 건넨다

그녀를 오늘도 만날 거야

X축과 Y축 부스러기를 한데 쓸어담아
정오까지 걸어가야지
거죽을 뚫고 나온 여린 가로수 이파리가
연둣빛 손뼉을 쳐대면

지느러미를 쓰다듬던 산사나무 가지 위
입 다문 초록에게
연분홍 장미차 한 잔 스윽 건넬 테니

* 인천 유형문화재 49호. 대한제국 시대에 일본인들이 거주영역을 확장하기 위해 응봉산 허리를 잘라 만든 무지개형의 석문.

큰우물
― 구두약이 밥줄이라오

오줌소태에 걸린 여름을 다그치던
바람이 출렁거렸다
그 바람에 얼굴이 붉어진 물방울이
균형을 잃고 비틀거렸다
평생을 엎드렸던 물컹한 비린내들이 몸을 일으켜
이름 없는 석간지 쪼가리에 들러붙는
단내를 흩어낸다
서랍장 맨 위 칸에 흩트려놓은 꽃씨
한번씩 들여다볼 때마다
소금 알갱이보다 하얗게 웃는다

삼각대를 세워놓고 미간을 찌푸리는 하루는
스타킹을 벗다 말고 한숨을 푹 쉰다
손톱 밑까지 파고드는 건조함이야
머지않아 필 꽃들의 투명한 매듭을 따라 익어가겠지
달짝지근한 더듬이처럼 가라앉지도 못한 옛일
밥 먹고 가라는

애관극장

빠져나올 방법은 없다 책갈피 어디쯤 꽂아둔 이름에 과거
완료형으로 속엣말을 꺼낸다 조조 영화 4,000원 100년이 넘
게 드나든 발길들과 약속을 손빗으로 쓸어 모은다 여름날
싸리재고개 수선스러운 아스팔트 길에 검정 나비 한 마리
접힌 허리를 두드리며 발을 주무르라 한다 매표소 아래 턱
괴고 있던 주름을 편다 괄호로 된 장난기를 달아놓으면 문
고리 앞에서 기웃대던 하늘타리꽃 꽃장판 위에서 고분고분
하다 켜켜이 쌓인 먼 시간의 숲을 향하여 뒷짐을 지고. 입장

우각로 牛角路

지퍼를 내리면
맑은 노동을 기원하는 냇물이
신축성 좋은 걸음을 옮긴다

날렵한 손목에 얹힌 테스트 문항
동그라미 하나를 못 넘어서
습관까지 내려놓은 채
돌베개를 베고 누운 표백제 같은 여자
꽃잎을 띄운 물에
봄밤 같은 긴 금을 그어가며 길이를 가늠했을까

어느 하루도 잘라내지 못한 시간의 얼룩이
뜰채에 낚인 나비가 되어
후진 기어를 더듬을 때
이상하지, 빌려 읽은 책은
통장에 잠시 머물렀다 빠져나간 월급같이
날아가버렸다

신포동
— 오월

유난히 하얬던 지난 밤의 달을 끌어안고
눈뜨는 도시
꽃비 내리는 자줏빛 오후를 잡아채는
여백에 묽은 저녁을
한 스푼 떠넣는다
비눗방울처럼
건반을 벗어나 날아오르는 음표들
오색 비늘을 털면
짙은 눈썹에 겹받침의 순한 잎이
풍경처럼 매달려
이제 나는
다시 오겠다는 너의 대답을
기다린다
기다리면서 온몸으로 발음해보는
초
록

양키시장

풀숲에 모여 회의를 하던 해무를 걷자
줄 끊어진 진주목걸이처럼
웃음소리를 타고 흘러드는 빗물
날개를 적신 말들이 오가기 전
숙취에 시달리는 위장을 달래야지
늙은 장사꾼의 포갠 손바닥에서
감가상각을 서두르는 오늘
계단을 내려간 빈자리가
꾸덕꾸덕 말라가는 모습
어둠을 덮어쓴 벽엔
새벽녘까지 불을 밝히고 앉아 들여다보던
물렁한 꽃등

초유를 받아 꽃씨를 발아시킬 것
진흙이 떠다니는 소문에 눈시울 적시지 말 것
낡은 빨랫줄이 언덕배기에서 치맛자락을 풀고
슬프지 않은 척 무릎을 포개고 있던 채송화
수신호보다 앞서는 관절을 따라 포복하며
접힌 결재서류에 딸려간
노란 포스트잇 한 장

납작하게 웅크렸던 물때가 낙서를 지껄여도
끝까지 속을 보이지 말 것

구월동

서터를 올리고 들어가면 멋대로 뒹굴다 빤히 올려다보는
표정들 금요일 밤을 엄지에 걸고 불러들인 상표도 떼지 않
은 백화점 팸플릿처럼 가지런하게 누운 명함들을 서랍장
왼편으로 돌아뉘여 낮잠을 재운다 공지로 띄워놓아도 기억
을 놓아버리는 물의 비밀 갈림길에서 빠져나간 땡볕을 온
몸으로 받아내는 팽이처럼 납작하게 웅크리고 아직 동이
트기 전 여전히 조명 밝은 거리 교집합을 찾는

사모지 고개*

나뭇잎의 간지럼에 자지러지는 애벌레 두 마리
우연과 괄호 사이의 얇은 빈틈이
추첨번호를 배부하는 사이
하얀 껍질을 짚고 일어나더니
물구나무서기를 한다

너울거리는 아우성을 잠시 벗어던지고
마른버짐처럼 엎드린 평발을 둑 위에 넌다
내일 바를 립스틱 색깔을 고르는 저녁 8시
경사면 전봇대에 걸렸던 종소리 다시 둥글어지면
칸막이를 젖혀버린 홀씨
비눗방울처럼 자유로이 날아오른다

나비가 되고 싶었던 거니

*삼국시대 중국을 오가던 백제 사신들이 배웅하러온 가족들을 돌아보며 잘 있으라
고 세 번 외치고 넘은 고개라 하여 '삼호현'이라고 했다가 훗날 '사모지'로 바뀌었다.

시청광장

　온종일 밖으로만 돌던 고양이가 돌아오는 소리 반쯤 남
은 소주병엔 떠난 여자의 소식이 담겨 눈꺼풀을 뜬다 퉁퉁
불어터진 비린내 같거나 바람구두를 짓는 일만큼 어설픈
드라이플라워 퉁퉁한 발목을 가진 여자가 뱉어낸 빛의 가
시가 짧게 도움닫기를 하면 열릴 기미가 전혀 보이지 않는
물음표들을 스포이트로 덜어내는 예민한 타이머 겹벚꽃이
도시 여인의 양산에서 다시 피면 코트 허리 뒤쪽을 리본으
로 묶고 옆으로 휘어진 통증을 셔터 안에 가둘 테야 꽃 진
자리마다 등을 밀며 걸어온 길에서 만난 어깨들 맞잡은 투
명그물 안의 물살을 넘는다

주안역 지하상가

딸의 앞가르마까지 봄볕이 닿았다

지하철 출구에서부터
끝말잇기를 하던 옷가게들이
하루를 들여놓기 시작하면

꽃무늬 시스루 원피스를 입고
빈자리마다 별을 심는 여자들
손등으로 오늘의 매출을 가늠하며
시간의 뒷이야기에도 귀를 기울인다

저녁나절까지 팔리지 않은 푸성귀 같은 초록
종일 자신을 교정 중이던
그늘의 기울어짐 같은 건 외면해도 될 걸

비린내가 배일까봐
둥그스름하게 어깨를 틀던 햇살의 목소리엔
가지마다 물길을 내면 될 걸

오늘은 복사해놓고 내일을 부르는 박수
콧날 시큰한

예술회관
— 6월

물주름이 쿨럭일 때까지
거품을 주무르는 꽃무릇 앞에서
우리는
아직 터트리기 이른 물집

J컬 속눈썹을 연장하다
채 마르지 않은 손톱을 세우며 투덜대는
시간

말린 꽃을 안은 그녀가
느린 걸음으로 들어설 차례
멜로디만 들어도 떠오르는 가사를
박수 앞에 펼치는 시간

생각 없이 지나가던 산딸나무
발등을 지그시 누르는
밝은 뒤적거리기 좋은 월간지 같은데
마음은
일렁일 뿐 뒤집힐 줄 모른다

배다리

어제는 8부 능선쯤에서 허물어진
어깨를 끌어안고 싶었다
주저앉은 변명을 턱까지 채우고
낡은 여관 입구에서 마주친 꽃잎이
손톱만 물어뜯는데
손잡아보지도 못하고 일렁이던
흙벽 옆구리에 남긴 통증
땟국물 같은

흩뿌려놓은 구름을 불러들인
나비 한 마리
관절이 붉어지도록 고단한 몸이
돌돌 말려 있던 석양을 부려놓으면

거기
나뭇가지가 휘저어놓은 하늘 손을 끌어다
접이식 의자에 앉힌 오후가
움찔거리는 겨드랑이를 잡고 감춘다

빨랫줄에 널린 어머니의 꽃무늬 속옷을 들추면
나리꽃 위에서 익어가는 해

2부

월미도

골목 안 담벼락에 등을 기대고 선 종량제 봉투
밤새 소금기 머금은 해무를 끌어모아 꼭꼭 여민다

저녁상에서 물린 생선가시로 남은
웃음을 문질러 펴며 돌아보니
받침 하나 떨어져나간 줄도 모르고 반짝이는 네온사인
옛 연인 따윈 수첩과 휴대전화 사이 눈어림으로 던져두고

촉이 빠른 직선의 몸을 한번 뒤틀면
점선과 실선을 오가며 만죽을 걸던 점 하나
떠밀리듯 나타난다

한철을 담아 흔들며 옆으로 걷는 비닐봉투가
입술을 잘근거리는 삼월 하순
고깔모자를 얹어주면
해를 오므려 접는 낡은 장화

쏟아진 알약처럼 이층 창가에 드러눕는 저녁놀
넓다

만석동

이끼 앉은 슬레이트 지붕을 덮던 저녁이
엎어진 신발을 냅두고 서쪽으로 갔다

그리려던 무늬는 좀처럼 마음을 잡지 못하고
제자리걸음인데
돌개바람은 목덜미를 동네 밖으로 밀어낸다

잔금 하나 없이 닳은 손바닥이
저며놓은 계절을 몇 번이고 들춰보지만
담쟁이만 살바를 다잡고 악다구니를 한다

숫자 뒤에는 널브러진 괄약근이
유리창에 묻은 꽃잎 걱정을 한다
웅크린 처마 밑에서도 앓는 별의
꿈풀이를 해주던 조각보

멀리 파도가 몸을 풀 때 새벽을 흔들던 불빛
그 안에 설핏 겹쳐 잠처럼 흐르던 골목
자정을 기해 기습 인상된 시내버스 요금 같은

송월동 동화마을

이리저리 굴리며 따져보는 손익계산서처럼
등을 맞대고 사는 도시
검은 구름을 업고 늑장부리는 햇살이
성에 차지 않아
이미 오차 없는 칼집을 내기 시작했다

창에 두런거리는 어둠까지
별책부록으로 안은 사람들
그 사이를 비집고 들어서는 붕어빵 냄새

카메라를 들고 골목으로 찾아든다
아직 악수도 하기 전인데
눈물부터 찍어내는 모과나무

군말 없이 다가앉는 노란 풀꽃
서툰 웃음으로 담벼락 빈틈마다
나팔 하나씩 달아준다
드디어
여기저기서 쏟아지는 앙코르

용산행 급행열차
― 빨간 리트머스 종이

　나비 한 마리 간절한 눈빛을 아무렇지도 않게 골목 안에 드러눕힌다 물먹은 소리를 내는 피아노 뚜껑을 닫으면 주머니를 마구 열어젖히라 부추기는 커튼 뒤의 날들 이미 반으로 자른 사과의 배꼽에 안겨 오래도록 남을 걸 알아차린 교활한 숫자들이 이리저리 쏠리다 멍이 든 어깨가 뒷짐지고 뒤돌아서는 시간 스팀 다리미가 반나절 어루만져둔 A라인 스커트 무릎걸음 치는 가로등을 현악기 줄처럼 고르며 퇴근을 서두른다 2번 플랫폼이 혼자 흥얼거리네

　해당화 피고 지는 섬마을에 철새처럼 찾아온*

*이미자의 〈섬마을 선생님〉 노랫말 중에서.

수도국산 달동네 박물관

다발째 넘어진 매미 소리를 숲 안으로
되접어 넣느라 손가락 장단이 바쁜 오후
방학숙제를 위해 표를 산 아이들이 나타나자
왕구슬과 보배딱지와 달고나 한 판이
기지개를 켠다

먼 기억을 되짚는 입담들 속에서
빈 항아리같이 다문 입이
면벽 수도승의 등처럼 곧다

그때는 그랬지
맞아, 저랬었지
연신 고개만 끄덕인다

고속도로 차단벽에 부딪혀 휘어지는 이야기
붉은 눈시울을 감추느라 헛발을 디딘 여자가
날벌레 떼에게 눈을 흘기며 건성건성
돌아다니던 산비탈

아래엔
내일 아침도 통근 버스를 기다릴 햇발

독쟁이고개

누군가 씹다버린 꿈이
신발 밑창에 들러붙어 따라왔다
버스 정거장에서부터 걸음이 더디다

질문은 사절이라며 좀처럼
팔짱을 풀지 않는 대설주의보
계기판 같은 건 없어도 과체중을 고민하는 겨울밤
단호하게 경계를 그어버리고
토씨 하나 틀리지 않고 피어오르던 저 길에
흰 눈이 새 길을 냈다

겨울 외풍을 피해 내빼는 길고양이가 뛰어든 골목
정찰제 상관없이 깎아주겠다는 말
녹음기처럼 허리를 읊조리는데
민망한 듯 빤히 쳐다보는 비어버린 지갑
입맛 쓴 손을 털고 일어선다

송도 채석장
— 이월상품전

뿌리에서부터 초록 바람을 보듬고 올라온 비 밤이 붕대 하나 꺼내어 느티나무 옹이를 싸매준다 태풍이 열어놓은 싱크홀로 잽싸게 내려간 빨대가 컴컴한 바닥에서 알갱이들의 수다를 낱낱이 끌어올린다 검색창만 들볶다 허허벌판에 내려놓는 완성되지 못한 문장 정교한 공식을 안고 있는 제대로 된 설렘 한번 느껴보라고 사나흘 꽃비는 내리고 그들만의 언어로 도착하지 않은 미래를 걱정하지만 더러는 뽕짝 같은 위로가 정답이 될 수도 있다

꺾어 신은 운동화를 끌고도 성큼성큼 앞서가는 시간 우편함으로 밀어넣는 연둣빛 생의 지느러미가 펄럭인다

동인천역

꽃향기에 분홍색 밑줄을 그으면
자작나무 길 건너
마음 한 덩어리 떨궈놓고 간
고양이가 놓친 달빛이 멀미를 하는
그곳

별의 숨소리가 옅어져갈 때
아직은 줄거리를 바꿀 때가 아니라며
걸음을 멈추지 않던 꿈 하나
가시 울타리 안쪽
가파른 손금을 들킬까봐
기립근을 조이며 전전긍긍한다
가부좌를 한 기억이 슬몃 일어서면
한 뼘씩 다가앉은 눈길을
허둥대게 만드는 지문

꽃물이 퍼지듯
단골 삼치집의 낯익은 비린내
아찔하다
엉겁결에 친구의 비밀을 발설한 날

헛손질하는 연필이 시간을 되새김질한다
동백꽃 시드는 냄새

옐로하우스*

석쇠 위에선 마수걸이도 못한 내일이 익어가는데
속눈썹을 붙인 골목이
자글거리는 고등어를 뒤집는다

가로수 아래 허벅지를 드러내고
옆구리부터 구부러지는 날짜들
웃자란 시선을 한 자 베어내면
열린 철대문 너머 슬리퍼 소리를 따라 흔들리는

이젠 꽃잎을 닫을 시각이야
적금통장을 삼킨 침샘이 자체 검열을 하면
열꽃처럼 도드라지는 단내

입에 문 치약을 뱉어내고 업무지시를 서두르는 달이
무인경비 카메라의 어깨를 두드려주면
무심한 얼굴로 도시를 저울에 다는

그 손끝
　　치자 빛
　　　　노랗다

*인천항 개항 직후 남구 숭의동 일대에 생긴 집창촌. 2018년 현재 도시재개발 인가를 받아 철거 중이다.

조개고개

한참 메뉴판을 들여다보던 사내가
홍어애탕을 주문한다
사내에게 등을 기댄 벽이
볼이 홀쭉해지도록 담배연기를
들이마신다

포스터 속 젊은 여자가
초록 병을 들고 다가온다
언제나 처음처럼 사는 거라서
참 좋은데이에요

갯벌 숨구멍 같은 마침표 하나에
울고 웃는 하루하루
홍어회 한 접시면 축하든 위로든
충분하다고
사연이 많아 보이는 주머니를 턴다

옥골 홍어회집

코너를 돌면 딱 보이는 버드나무
삭힌 홍어 바락바락 무쳐
단골들을 불러들이는
지나기만 해도 새콤한 침이 고이던 골목

혀로 핥아먹던 아이스크림처럼
낮은 지붕들이 사라졌다
드문드문 선 가로등도 빛바랜 간판들도
생목을 쥐어짜며 노래를 부르더라는
무성한 입소문
아카시아 향기만 엎드려 지나치는
발길을 붙든다

퇴근길 냉막걸리 한 잔이면 문이 열리던
이야기 창고를 하루아침에 허물고
그 자리에 새로 앉은 길
이민 떠나는 친구가 들어서던 공항 게이트처럼
멀고도 아득한

시립박물관

바스락거리는 계절의 중턱
가려운 곳을 긁는 척하며 목을 빼는 고인돌이
벗어둔 안경을 다시 집어들어
핸드폰 화면을 들여다본다
2층 계단이 떨어뜨려놓은 말과 일렁거리고
흔들렸던 날들에 가속도가 붙은 기압골이
무중력 창법으로 울고 있는 박물관 마당

이유 없는 한숨과 결대로 묻히는 발자국이
안타까워 윗입술을 떠는 조계석
아무렇지도 않게 서 있는 겨울나무가 거슬려
한참 일이 손에 잡히지 않는다

건너편 토스트를 구워내는 아주머니의 허리는
벌써 단풍이 익어 고단한 파스 냄새
난기류처럼 구겨진다
방금 체험교육 자원봉사를 마치고 나온
커피색 스타킹 눈앞에서 정지된 늦여름의 열기
중간점검도 없이 내려버린 서리

만의골

텅 빈 나를 어쩔 것이냐 되묻는 달력의 잔소리에
다음 계절을 들으러 소래산으로 간다
거기,
은행나무 아래 비닐하우스

배추겉절이 척 걸친 꽁보리밥을 낚아채듯
받아먹는 겨울나무
아궁이에서 화르륵 타오르는 콩대를 응원하는
멸치육수에 투박하게 끓는 김치밥국
무청 시래기를 돌냄비에 눕히고
묵은지 숭덩숭덩 썰어넣는 비지찌개

이제
꽃무늬 자수밥상보를 펴들고
아직 채워지지 않은 마음을 위한
걸걸한 건배 위로
찢어진 셔틀콕같이 내려앉는다
등산로 입구 노점상 스피커에서 쏟아놓는
네 박자 트로트 메들리

남동공단

아무리 발버둥쳐봐도 그날이 그날이야
화물용 엘리베이터에 하루를 밀어넣으면서 견디는
나는 단기 아르바이트생
어떤 일이라도 하겠다는 마음으로
집을 나서면
횡단보도를 건너던 낙엽이 몸을 뒤채
약속 없이도 만날 수 있는 사람처럼 달라붙는다

바싹 마른 말을 더듬는 늦가을
방향마다 다른 온도의 목소리에
짓뭉개지는 담배꽁초가 되고
더부살이 기와지붕에서 다리의 힘을
과시하는 메뚜기처럼
작업화 어깨도 축축 처져
자판기 커피와 함께 수당을 계산해봐도
군침만 흥건할 뿐
적금통장에게는 더딘 시간

3대 맛집 공단 떡볶이의 유혹을
구내식당 기둥에 맡겨놓은 퇴근길

코를 풀 듯 남동인더스파크역에
각자의 출구를 찾는 사람들을 쏟아놓고
쌩하니 가버린 전철이 정차했던

소래포구

퍼지지도 않는 손가락을 하고 사십여 년
좌판에서 건어물과 젓갈을 파는 할머니
새 연탄이 내놓는 시큼한 출발 신호
깡통 의자를 덮은 방석에 앉자마자
눈빛부터 바뀐다

경매 직전 포장마차에서 시킨 냄비우동으로
새벽을 달래고
등줄기에서 식은땀이 나지만 태연하게
방류된 치어처럼 소란에 몸을 맡긴다

넙죽 큰절부터 하는 꽃게 넉살에
오늘도 잘 마른 서대 한 마리 놓고
잔막걸리를 부딪치며
휙휙 돌아가는 시간을 굽는 냄새

뱃머리를 돌릴 생각은 없다
걷기 전 잠시 손 모으게 되는 떨림을 움켜쥐고
그물을 끌어당기면 무게만큼 일어서는 붉은 근육

갑자기 들이닥친 단체손님 맞는 상인보다 더 들떠
꼬리가 올라간 외꺼풀의
골목 안 대폿집 김 여사처럼 바다가 실눈을 뜬다

인천대공원
— 파꽃이 필 때

묵정밭이 풍경 껍질을 자꾸 벗겨낸다
더불어 얇아지는 기지개
문 앞을 막고서는 눈물의 뒤꿈치를
밀어내면 어제는 그림자도 없이
여전하다

계절의 두께 같은 건 아무래도 괜찮다

꼬리부터 들이미는 비의 지느러미를 움켜쥐면
후루룩 말려들어가는 투명한 날갯죽지
기다렸다는 듯 꽃밥을 퍼나르던 이름
한달음에 연두색 눈을 집어든다

지금

익숙해지지 않는 퇴행성관절염을
슬리퍼 삼아 신고
택배기사의 방문을 받는

5월

안경을 고쳐 쓰고
다이어리 페이지마다 찍힌
영산홍 빛 입술을 소리내 읽어야지
청보리밭으로 내닫는 마음의
맨발엔 잘박거리는 녹색 물

3부

동막

굳은 어둠을
원형투망에 가두고 돌아서면
시든 배추같이 널브러진 해변
부정출발을 일삼던 종아리들도
온돌처럼 평화로운 저녁
세상의 변방에 있는 들꽃들이
줄글을 읽어댄다

참고문헌도 없이 바다 이야기들이
촤라락 펼쳐진 갯벌
덩달아 색을 입은
지금은
석양이 돌아앉은 시각
단물이 모두 빠져버린 갯내가
수런거리면
불빛같이
물살같이
하염없이 기다린다

무의도

눈웃음 마르지 않는 얼굴엔 보이지 않는 비가 자주 내렸
다 그 여자 하루에도 몇 번씩 발뒤꿈치를 들고 목을 길게
뺀 물안개를 가득 싣고 마을로 오르는 차를 기다렸다 발등
까지 내린 눈밭을 휘저으며 먹이를 구하는 재두루미의 부
리로 수납장을 뒤지듯 거품을 걷어내면 머뭇거릴 틈도 없
이 미끄러져 증발하는 대화들 퇴장 명령을 받은 축구 선수
처럼 큰 덩치를 움찔거리며 헛바늘을 털어낸다 늘 부산스
럽던 마음이 긴 인연을 깨끗하게 빨아 풀 먹이는 동안은 느
긋해져도 좋다

서포리
— 물살은 잠시 서행할 뿐 시간처럼 달린다

막다른 골목에 갇혔다
거절에 대한 면역력이 없으니
네 귀퉁이를 맞대고 몽글몽글 순해지는 시간
이 빠진 사기그릇처럼 튀어나와
해설이 필요한 메시지 같다
조금 전까지 헤살거리던 모래밭이
잔물결로 출렁거린다

단축키를 눌러가며 띄어쓰기도 없는 내일
황달보다 진한 마이너스 통장
2류인생의 다운 계약서가 그려주는
여행의 행간을 요약본으로 읽을 수 있다
빨간 고무장갑을 낀 손이 흩트려놓은 도시
발자국들의 조언 따위는
발포 비타민이 쏟아내는 거품

푸릇푸릇한 간지럼을 타기 시작한 버드나무
장단에 흔들리지 않고도 촉감을 저울질한다
긴 생머리를 쓸어넘기는 빗방울
비리다

화평동

겨울은 이제 저렴해요
삼류극장 복도에 걸려서 푸드덕거리거나
당첨되지 않은 복권이 되어
쓸데없이 하늘이나 올려다보며
주먹질이거나
재활용품 수거함에 내놓은
식기건조기가 되어
버리고 간 주인을 욕하거나

남의 터전에 발 뻗고 살려니
눈치 하나는 늘 일등입니다
선뜻 올라타길 주저하는 고물차지만
냉동실에서 금방 꺼낸 생선 토막 같은
눈길은 사절합니다

한때 입에 착착 감긴다고
서로 찾아댈 때는 언제고
이젠 간부터 봐야 한다며 자기들끼리
눈을 찔끔거리는

그들끼리의 블랙홀 안으로 빨려 들어갔던
내가 서 있네요
푹 익은 우리 집 김치처럼

연안부두
— 연안여객터미널

밤새 커놓은 TV에선
이른 매진을 기대한다는 목소리
배출구도 없는데 따라나설 채비를 하는
굳은살이 박인 두툼한 봉투
짧은 경력을 발바닥 밑으로 숨기느라
가지런한 의자 다리와
좀체 헤어나질 못하던 바닥이
엎질러진 그날을 검색창이 찾아냈다
노란 민들레가 업혀 들어와
등을 펴고 드러눕는다
배에 손을 가져가게 하는 파동이
빈방에 들어서듯
가볍지 않은 근질거림에 올려다보는
버스 정류장 왼쪽 천장
목적지 도착을 알리는 비린내
연신 깜박거린다

제1경 인고속도로
— 정리해고

이를 악물고 타일 틈새와 실랑이하는 실리콘
연탄화덕에 넣어둔 고구마
뒷주머니 하나 쟁여놓은 것도 없는 알몸
이 정도 고생은 고생도 아니야

문법상 오류쯤 걸러내고 줄 그어가며
문학잡지처럼 읽혀지던 습관은
표구사 벽에 기대어 서 굳어가는데
배접을 끝내고 풀이 마르길 기다리는 연체안내서

새로 받아온 구직확인서는
오래 전 써놓았던 연애편지처럼 부질없고
물기라곤 없어 뵈던 직업상담사의 안경에
반사되던 고개 숙인 내일
무릎담요까지 챙겨 해넘이를 온 사람들과
일일이 악수하던 노을
돌산에 걸렸다

수봉공원

가을 노래를 안은 들꽃
변방 사람들을 만날 때마다
눈 맞춰 손인사를 한다

비늘로 얹혀 두꺼워진 하루가
쪼그려앉은 돌담 틈으로 엉덩이를 비집어넣어
훅 쏟아져 들어온 햇살
그 빛의 파문을 못 견뎌 무너져 내리던
산비탈쯤
꽃잎을 물더니 덩달아 꽃물이 들었다
비눗방울을 싹둑싹둑 오려 사방에 덧붙이자
어지러워라, 후드득 날아오르는
꽃비

일시정지와 전후진을 반복하는
가로수 밑동엔 일방통행을 넘어서는 생략법
방금 마른번개 한번 지나갔다

소래철교

오래된 이야기에서 빠져나온 철교가
고른 치열을 드러내 노랗게 웃는다
눈꺼풀에 가둔 잠이
물밑을 파고드는 시간

떨이로 남겨진 봄이 부르튼 발바닥을 털면
길 건너 건널목에 모여든 소문을
채반에 부채꼴로 펴널며
눈흘기는 비린내

한껏 허리를 꺾은 버드나무에게
내일을 흥정하고
저녁 걸음을 서두르는 라일락

국숫집 앉은뱅이 탁자에 상체를 접는
낡은 어깨에 기대
새우잠에서 깬 미나리꽝이
뭉쳐 있는 영수증을 푸는 4월이다

아라뱃길
— 파워블로거

봄꿈 속으로
더 깊이 마음을 찔러넣으면
종이배처럼 뒤집어지는 오후
대궁의 힘을 빼고 허물 벗는 뿌리의
오래된 달력을 덮어버리자
메모장에 첨부되는 강의 노래

눈부신

후미진 골목의 잇새를 더듬는 과일 트럭
삼자대면을 흡족하게 끝낸 사람처럼
덧니를 내보이며 웃는다
상하기 쉬운 말들은 가짓수도 많아
내키는 대로 달라지는 풍경을
툭툭 건드려가며
아무도 보지 않는 반대편 난간에
넌지시 들이미는 엄지발가락

미처 삭지 않은 상처를 뚫고 올라온 풀잎
사방을 살피며 발을 주무르고 있다

아암도

손끝 야무지던 지난 날에 덧대진 기억을
하나씩 떼어내다 뒷짐 지고 바라보면
방파제 끝
가난을 말리던 염전

해안 끝 해당화 꽃웃음에 멀미를 하는 갯벌이
무르팍에 힘을 넣는다

잠깐씩 곁을 주던 장마철의 해가
구름 사이로 새어나오는 하품을 동여매놓은
낡은 창살을 어루만진다

어색하게 내리깔린 정적을 소맷부리에 밀어넣으며
뒤춤에서 꺼낸 수첩에 풋풋한 참견을 받아적느라
바쁜 갯바위

명치끝에 매달린 한숨에 코르셋을 입혀
오목조목한 말을 떨궈내는 조개잡이 발걸음

북성포구

편의점 덮밥이라도 먹을 걸 그랬나
피곤이 담긴 눈꼬리를 지그시 누르고
낙타는 뻣뻣해지는 무릎을 편다
등에 얹힌 택배상자가 젖은 비닐처럼 들러붙는다

주황빛 밑줄을 그으라고 성화를 대며
온몸의 세포돌기를 부추기는 뭉툭한 화요일
겨드랑이를 열대어의 아가미처럼 들썩인다
산 멸치 떼를 끌어올리는 어망처럼
저절로 부풀어오르는 팔뚝이 무겁지만

욕실에 걸어둔 젖은 스타킹에서
뚝뚝 떨어지는 맑은 아침은
발랄한 필기체로 일어서는 하루일 거야
꽃무늬 두건을 쓰고
계산하지 않아도 좋을 날을 찾아
두리번거린다

소암小巖마을*

색을 하나씩 덧입기 시작하는 도시에
담장 밖까지 까치발을 들고온 노을이
청보라빛 등을 켜면
모로 누운 직사각의 시간을 밀고가는 풋내

굵은 신경을 쓰다듬어보는 생강나무
노랗게 뒤척인다

보상 완료 문구가 쓰였던 옛집 터를 서성대는 백구
눈가에 펄럭이는 지문도 남기지 않는 초록의 날들

이월상품 같은

예년보다 이른 등장에 손나팔을 불며
호들갑을 떠는 바람에게 등을 내어준
꽃잎
열어젖혀진 배낭에 불뚝한 눈웃음이 담긴다

벚꽃이 도착했다

*송도유원지에서 비치호텔을 지나 곧바로 직진하면 비교적 옛 모습을 간직하고 있
던 인천의 대표적인 미개발지. 앞바다가 생계유지수단이었고 토속음식점인 꽃게집
들이 많이 있었다. 지금은 재개발이 한창 진행되고 있다.

송도역

― 인천인력

노랗게 생글거리는 배추고갱이가
굵은 손마디를 달래준다
탄력 잃어가는 손이 찰진 웃음을 지어보이며
억새풀처럼 흔들린다
오래된 사진관의 낡은 입간판이
미안해하지도 걱정하지도 말라지만
환자복 사이로 보이던 어머니 빈 젖처럼
뒤통수를 잡아당기는 가을벌레 소리
움츠러드는 어깨를 들키지 않으려고
괜히 한번씩 침을 뱉는다
만루 홈런 기회를 살려내야 하는 타자처럼
이 순간을 스테이플러로 찍어놓고 싶은데
해저 터널 안을 달리듯 조바심내는 짐작들
합격 여부를 전화로 알려주겠다고 한 지가 일주일
아직도 원하는 답은 들을 수 없다

이제 묵은때 싹 벗고
막 쥔 손금을 펴보여도 될까
막 돋아난 별 같은 마음을 담은 초록 햇살처럼
출근 버스 안을 기웃거려도 될까

송도유원지 꽃게거리

고등어가 익어갈수록 몸을 뒤척이는
사막도 모습을 바꾸었다
냄비 바닥에 깔린 무는 바다를 들이켜고는
짭조름하게 물러가는 중
무엇이 푸름이고
어떤 걸 떠나보낼 것인지 계산하는 사이
올 풀어진 노을이 흥건히 깔렸다
소쿠리로 덮어놓은 가뭄만
면발처럼 불어터지고

닳을 대로 닳은 신발 밑창에선
가끔 돌고래가 운다
한때는 이름만 불러도
푸른 소리를 내던 물의 손끝
오늘은
얼굴에 복숭아꽃을 피우고 비스듬히
벽에 기대어 혼자 낡아간다

송도유원지*

수생식물의 무릎처럼 갯바위에 걸터앉은 눈이
말라붙은 막걸리처럼 운다
분홍색 밑줄에 맞장구는커녕
기침 섞인 악보를 그리는 사이
벗어놓은 폭염에 손가락을 베었다

게으른 시간은 흠칫 놀라 등을 돌리고
읽지 않은 거미줄의 상처를 단번에
잠재워버린 맨드라미
푹신한 깔창 하나 마음에 넣어
묘비명을 짓는다

별의 눈물 닦아줘야지
보통명사의 샘플을 골라내
눈꺼풀을 들추면
화단 옆에서 품을 파는 모종삽
잇몸을 활짝 열 물관을 툭 건드려
보도블록 사이 치밀고 올라오는 비릿함을
꼭꼭 접으며
한 자세로 외우는 진언

수도 입문자처럼

방백으로 읽히는

인천공항
— 천상열차분야지도天象列次分野之圖

깔개에서 엉덩이를 떼고 일어서자
가지런한 햇볕을 날개뼈에 얹어
봄날 같은 화음을 넣는 생선 비늘

납작해졌던 생각이 돋아나
하나둘 피어나면
젖은 앞치마를 벗으며 총총히 걸어가는
야간 교대 근무자

멀리서 안개가 스르륵
외투를 벗어들고 인사를 하면
정지되었던 화면엔 어지럽게 그려진 발자욱들
아카시아 향처럼 부풀었다가
알아서 헝클어져 제 길을 간다

잠의 필터를 걷어내자마자
제 것만 챙겨 떠나는 말의 뒤통수를 바라보느라
쉽게 되돌아서지 못하는
기압골의 언덕엔

아직도 허리를 꺾고 있는 꽃씨
이미 홀씨를 준비하더라는 소문
나침반이나 가졌는지 모르겠다

종점 마트

햇살만 들락거릴 뿐 외상손님마저 없는 동네 슈퍼
얄미운 파리만 주전부리에 관심을 보인다
그러거나 말거나 상추 같은 눈꺼풀이 더 버거운 김 씨
망설임 없이 똑 부러진 중년을 이름표로 달았다

번화가를 활보하던 꽃무늬 셔츠처럼 능청스럽게
저만큼 마을버스가 나타나면 안 기다린 척 안 반가운 척
슬쩍 도로 가장자리로 내려서는 것도 용기가 필요했다

단단과 물렁 중간쯤 방치된 낡은 수레를 일으켜 세우는
마법이 필요한 순간
팔리지 않는 생선 앞에 쪼그려 앉아
오가는 사람들 발뒤꿈치만 쳐다보다 마는 생선장수처럼
순한 분홍색 자존심이 나무 도마 위에서 말라간다

정육점 자동 칼날 아래서 바깥세상이 사뿐하게 잘리고
부실공사 같은 한나절은 비난과 배상을 저울질하지만
높은 밀도의 본전 생각에 가만있어도
당겨져 가버리는 블랙홀

폭염주의보
― 십정동

나무의 발걸음에 치인 그늘이
신호등 앞에 쉼표로 내려앉았다
열어둔 문밖엔 푸른 공기가
상처난 발을 길들이는 새 구두처럼
하루를 입력해가고
변기 물통에 넣어둔 붉은 벽돌보다 묵직한
한마디
휑해져가는 청춘의 정수리에
공식을 대입할 때인 거야
지금이

채소밭을 살찌우는 할머니의 굽은 허리 앞에서
맞장구를 쳐대던 노릿한 냄새
오래된 기차처럼 사라지면
반들반들한 이마를 맞댄 뚜껑도 닫지 않은 항아리

한 치의 틀어짐도 없는 시절

4부

자화상

전봇대에 기대 콧노래를 부르던 담쟁이가
상자를 정리한다
묵은 사서함의 먼지를 쓸어내고 뚜껑을 열면
눈빛을 일으켜 생장점을 흔들기 시작하는 날개
통증이 둔해져야 비로소 중심이 될 수 있다
선인장의 혈맥에 앵무조개 빛깔의 점을 찍는 오래 전의 꿈
모든 것들을 위해 가을 낮빛에 플러그를 꽂는다
한참 짧아졌지만 빛이 헤엄치는
만루 홈런 직전의 타자처럼 가슴 속 스피커를 흔드는
뒷목을 잡혀도 환하게 웃음을 빼물 수 있는
그녀
널린 빨래 뒤로 숨어 여름을 매만지던
골목에 핀 새빨간 사루비아꽃

동안

별과 별 사이를 건너뛴 종이비행기가 무사히 착륙할 동안 졸던 별빛이 담장 밖으로 시선의 페달을 밟을 동안 시간밥을 먹으며 사는 완행열차의 걸음에서 토실거리는 희망 하나를 끄집어내는 동안 마법에서 풀려난 배터리가 전이된 분자로 사부작사부작 다가가는 동안 침묵을 총총 꿰맨 식당 앞치마가 수선집 재봉틀과 손잡고 도시의 변두리를 서성거리는 동안 가는 길목마다 동그라미 하나씩 낳는 동안 낯선 길에서 만난 안내판의 응원이 제자리를 벗어난 샤워기 꼭지처럼 지그재그로 튀는 동안 참고서 부록 같은 지팡이를 짚고 당신에게로 가는 동안 불균형한 어깨를 가진 한 사내가 모퉁이를 털레털레 돌아서 우주 밖으로 사라지는 동안

호모인턴스*

게시판에는
일용할 양식을 찾아헤매는 사람들의 바람이
다닥다닥 붙어 있다
방청객들이 모두 빠져나간 빈 무대에서
최신 장비의 날개를 달고 성능을 시험하는 오늘
바지춤 덜 올린 아이의 모습으로
한참 동안 오지 않는 버스를 기다리는 시간들도
이젠 덤덤하다

아껴둔 이야기를 꺼내 야곰야곰 씹어삼킨다
발버둥치는 하루하루를 잘 달래다보면
눈치 빠르게 시간을 주름잡아 나눠놓을 수도 있을 거야
좀처럼 떨치긴 힘든 식곤증이 바위에 엎드려 꽃처럼 피면
마음에도 잠시
온기야, 돋으렴
가스 불 위에서 흔들리는 압력솥 추의 몸짓까지
책갈피에 꽂아두고
바다로 점점 걸어들어가는 해를 긴 갈고리로 잡아올려
목젖 보이게 웃고 싶은 날

*각종 스펙을 쌓고도 정규직 채용이 되지 않아 인턴만 반복한다는 뜻을 가진 취업
시장의 신조어.

자전거

아침 안개를 헤치며 물꼬를 살피시던 아버지 마을을 향
해 올라오는 막차의 불빛을 내려다보던 버드나무처럼 길
아래를 내려다보시던

사료 사러 농협에 다녀오신 아버지가 낮잠을 주무시면
장우산 하나 실은 자전거 장독대 옆 살구나무에 기대어 아
버지의 기지개를 기다렸다 소쿠리가 엎힌 부엌 선반에 여
름 끝을 뜨개질하던 시간을 앉혀놓고 저녁밥 배달할 때를
기다리던

평생 관절 한번 제대로 펴지 않고 저울 눈금처럼 살던 아
버지 무너진 발음으로 액자 속에서 웃고 계신다 자전거는
여전히 살구나무에 기대어 기다리는데

비만 클리닉

걸핏하면 낮잠이나 자는 휴게소 자판기에서 뽑은 카페라 떼를 눈썹 하나 까딱없이 비운다 첫 월급을 탔을 때의 마음으로 보정속옷을 사러가야지 일상은 걸음걸이에 한참 못미처 동동거려도 달력에서는 생글거리며 일어서는 꼭짓점 배탈이 나서 쪼그려앉았던 보도블록이 으르렁거리면 손잡이에 매달려 놀던 옛이야기가 늙은 대문 안으로 달려들어온다 저울질 하나 없이 앉고 싶은 곳을 맘대로 정하는 무거워진 엉덩이 고집대로 사느라 빚어진 몸의 굴곡 무늬 잘못 맞춘 벽지가 되어버린 원피스를 흘끔거린다

편의점 김 군

종일 꽃향기를 수집하던 배추흰나비들
무심히 앉아 날개를 쉬는 파라솔 아래
온몸이 구겨진 어제가
미처 빠져나가지 못한 지로용지를 내민다
거절할 틈도 없이
물기가 맺히는 못갖춘마디

빳빳이 고개 들고 삿대질로 응대하던
주인 여자의 손끝에서
파르르 하다 돌아서는 호프집 손님처럼
하루가 흐느적거린다

화장실에서 상사 험담하다 들킨 여직원처럼
헛짚은 발을 미처 거둬들이기도 전인데
모난 곳에서 둥글어지는 게 프로의 자세라며
다음 동작을 받아 적으라고 한다

새로 갖다놓은 사다리를 오르려면 제한시간 전
책상 밑에 숨은 첫마음을 다시 불러내야 한다
아직 엎질러진 生까지는 아니야

배구공 받아치는 자세를 취해본다

두려울 것 없는 시절이 들어앉는다

잔치국수

해진 운동화는 오늘까지만 신어야지
안전모를 장만한 목련나무가
물음표와 느낌표를 섞어 채워내는 생의 언어
하루아침에 과거형이 되진 않을까
조마조마한 속마음을 휘파람으로 달래보지만
어제까지도 보이지 않았던 반점 하나
움켜쥔 마음의 돌멩이를 내려놓는다

감꽃이 길을 잃어버린 지점엔
정상에서 따온 초록
거뭇한 알레르기를 일으킨 시간들에게
스스로를 방치한 잘못에 대해
사과하지 않아도 괜찮을 내일이 있어
특선영화 같은 날,
오늘

갱년기

빨간 립스틱 색깔이 좀 많이 튀지만
오늘은 수정하지 않기로 한다
여전히 떨떠름하게 남아 어깨에서 칭얼대던 잠을
떨어진 반창고 다시 붙이듯 다독인다

지난 밤 문밖을 오가며 마음을 어지럽히던 웅성거림
북어 껍질처럼 잔뜩 오그라든 채
주고받던 암호

내장엔 켜켜이 내복을 껴입고 허리를 세워
마음대로 구부리기도 힘든 하루
발에 걸려 넘어지는 기억을 반박하지 않기로 했다
더러는 보이는 것보다 좀 덜 솔직해도 된다는

식탁 위의 오래된 꽃병

스을쩍 그의 어깨에 손을 얹다

눈시울 붉은 저녁이면
혼자 사는 사람의 등짝이 벌레 먹은 잎사귀처럼
외롭다
누가 불러도 대답해줄 이름 하나
가슴팍에 달고 싶은 날
소집 통지서 받은 젊은 남자처럼
툭툭 끊어지는 발길을 걷어차며
막다른 골목이 어스름 속으로 걸어간다

조바심하던 전화벨이 울린다
그 바람에 기다림이 고여 있던 물웅덩이가
몸을 털고 일어나 가만가만 출렁여도 좋다고
쭈뼛거리는 몸짓도 끌어당겨 안아버리는
적금통장의 비밀번호 같은

시작

전자레인지에서 완성된 삼분요리는
거부합니다

똑똑 여물어가는 고구마 줄기처럼
묵직한 울림을 주는 말의 이랑을 꾸밉니다
앵두나무 앞에 기념사진처럼 앉아
말의 창문이 열리길 기다리지요
검색창에 불려와 긴 줄을 서는
이벤트 내레이션모델만큼 센 억양
여행 일정표 받은 날같이 일어서는 호들갑은
단축키 속으로 욱여넣을 수 있어요

등대엔 촘촘하고도 뚜렷한 주파수가 있어
박자를 놓쳐도 기다릴 겁니다
물구나무서기로 버티는 끈을 다잡기 위해

요가복을 사다

십 년 전의 몸매를 다짐한 어제가
치킨과 맥주를 불러냈다
맛있게 먹는 음식은 칼로리도 없다며
보기에도 쫀쫀한 요가복 한번
천진한 내 입 한번
번갈아보다 뒤돌아서서
소리 없이 키득거린다

전광판엔 눈을 끌어당기는
젊은 남자의 허벅지

나의 궤짝을 열면 한가득 들어 있던
골다공증이 기지개를 켠다

시장통을 지나다
마이크를 든 다홍빛 리본에게 건네받은 초대장

당장

퇴근합니다

빈 마당에선
사과꽃 향 나기 시작했다

믹스커피 녹는 오후 4시
박자를 툭툭 건드리며 걱정을 얹어주던
말들이 동백꽃을 지운다

발밑에서 와글거리는 목소리
주차된 차 앞 유리에 끼워진 전단지엔
주홍색 망사 스카프 한 장 늘어뜨린
젊은 여자의 아찔한 가슴골
도드라진 입술보다 더 붉은
길바닥에 흥건한 눈빛들을 잡아끌지만
삼거리 텅 빈 우편함에겐
지름길은 없다

어렵게 잡은 택시 뒷좌석에서
깜빡 졸던 웃음이
사나흘 출렁거리던 생각들이 쏟아질세라
꾹꾹 여며 챙겨 내린다

실버 취업박람회

오늘 하루는 관형사처럼 살아보자
손톱을 자르며 중얼거린다
귀가 닳은 시집을 펼쳐놓고
벌레 먹은 말들을 골라낸다
한참 만에 물을 준 꽃밭
굳은살 없은 흙속으로 마음도 가라앉고

구름을 사각사각 깎아내
얌전히 접시에 담으면
번잡한 일상의 스위치쯤은
눈앞에 알짱거려도 쉽게 흔들리지 않지

첫 숟가락 뜨는 표정으로 시간이 열리면
꽃이 시드는 냄새 아릿하다
손끝에 웃음을 바르며 와글거리는
가시덤불 삐죽거려도

아직은 부록이 되고 싶지 않아

녹촌리 산 31번지

술주정꾼의 노랫소리가 멀어지길 기다리는 밤 발가락 사이를 간질이며 올라오는 진흙처럼 햇살의 잔털이 귀를 긁어댄다 골목 끝 담벼락에 몰래 낙서 중이던 방명록이 공공임대아파트 입주조건을 고민하다 다시 신발끈을 묶으면 보호색을 입은 고대 도시의 조감도가 자리를 바꾸는 척 선을 그어버리고 돌아눕는다 그 둥그스름한 능선이 복부비만을 앓는 여자의 뒷모습만큼 두껍다 비닐처럼 부스럭거리는 눈치를 뭉쳐 주머니에 찔러넣은 4월이 고개를 떨구면 수분을 밀어내고 마른 꽃이 된 방정식

배가 고프다
뒤꿈치가 아프게 달려도
자고 나면 언덕 너머 또 언덕이 버티고 서 있는

빈 집

뒷모습조차 울퉁불퉁하게 가장이라는 견장을 달았다
이제 해야 할 일은
날을 세워서라도 잠겨 있는 비밀을 얻어낼 것

지갑이 꼬리를 내밀고 흔들기를 시도한다
고장난 계산기처럼 제멋에 겨워
흥얼거리는 아파트 분양가
앓고 난 아이처럼 부쩍 발랄해지던

꿈은 현재진행형으로 꼭 데리고 다녀야 해
그럼에도 경계태세를 취하는 것은 빨래집게 같은
안전장치가 미덥지 못해서지

자꾸 딴청 피우는 직각을 달래
별 재미가 없는 발과 손놀림이
무성한 소문을 확인하러 나섰다
한 걸음 뗄 때마다 번지점프대에 올라선 것처럼
고소공포증이 밀려오고
슬슬 파업을 준비하는 횡단보도를 건너

어제와 오늘 사이

전시된 생을 눈요기만 할 수 없어
모델하우스에서 사람살이
한 코너 분양받았다

장대멀리뛰기

꽃이 핀 길가에
이파리도 없이 꽃잎만 넘실거리는 어둠
사붓거리는 11월이 매일 유서를 쓰더라고
털어내고 싶었던 소문들을 살살 달래
초록 담요를 씌워 조용히 발밑을 다독인다

서로가 품은 부호를 끄집어내 고막을 간질인다
입꼬리를 광대뼈까지 당겨 올려보지만
확실한 건 설명서도 없는
공간

후렴구처럼 낡은 귓속말을 아주 모른 체할 수는 없다
창밖엔 아직 초대도 받지 못한 시각
모든 신경을 곤두세워본다
눈꺼풀을 비비며 삐걱거리는 의자를 더 닦달해보지만
건너다보이는 이파리
일렁거려도 흔들리는 건 싫다
다만,
목적지까지 무사히 도착하기를

다랭이 마을에 동백꽃 지다

삼거리 교차로가 지퍼를 열기 시작하면
그 안에 툭 떨어진 새빨간 명자꽃
꽃잎을 받쳐 들고 콧노래를 흥얼거리는
사월의 등 뒤에서 늙은 어부가
낡은 그물을 펼쳐서 넌다

얼룩을 거두어 돌아가는
나이든 여자의 관절처럼 안타까운 오후
해안가 둔덕에 앉아 라디오 잡음을
바코드로 읽어내던 안개가
버스에 올라타며 내뱉는 잉크 빛 한숨

물비늘의 재채기에도 엉덩이를 들썩이던 봄꿈이
자동응답기와 현금지급기 사이
주파수를 맞춘다

무심히 다릿목에 걸쳐두었던 햇빛을
아무렇게나 벗겨들고 따라나선 바다엔
일찌감치 뜀뛰기를 시작하는 숭어 떼
그제야
슬리퍼, 하루를 작성하기 시작한다

휘발되는 현실과 주체의 의식

고광식/ 시인, 문학평론가

프롤로그

　서순남 시인의 첫 시집 『인천역 3번 출구』는 휘발되는 시간, 휘발될 수밖에 없는 현실, 그리고 휘발되는 공간에서 파편화되어 고립되는 주체의 진술이다. 그러므로 서순남의 시적 주체는 휘발되지 않기 위해 파편화되어 다시 탄생하는 존재이다.

1. 파편화된 자들의 땅

　영화 〈모던 타임스〉는 인간 소외 문제를 잘 드러낸다. 자본가의 이익을 위해 기계처럼 일하는 인간의 모습이 우스꽝스럽게 그려져 있다. 찰리 채플린이 거대한 톱니바퀴와 함께 돌아가는 모습은 기계의 일부가 된 것을 상징한다. 노동자들은 자본에 종속된 삶을 산다. 노동의 결과와는 상관

없는 삶이다. 자본주의를 사는 기득권자들은 세상은 아름다우니 함께 가자고 한다. 하지만 사회적 약자들은 사회로부터 끊임없이 소외되고 고립된다. 현재를 사는 우리는 파편화되어 있다. 세계화가 진행될수록 강자의 이익은 커지고 약자의 이익은 작아진다. 신자유주의를 동력으로 삼은 세계화는 힘의 논리로 약자를 철저하게 착취한다. 이로 인해 사회적 약자들은 통합에서 벗어나 파편화된다. 이윽고 세계화에 대한 변증법적 대응을 시작한다. 파편화는 개인의 소외가 늘고 있다는 것을 방증한다. 신의 지배에서 벗어난 인간은 이제 자본가와 기계에 의해 지배받는다.

서순남 시인의 파편화된 모습 드러내기는 "아무리 발버둥쳐봐도 그날이 그날이야/ 화물용 엘리베이터에 하루를 밀어넣으면서 견디는/ 나는 단기 아르바이트생"(「남동공단」)으로 자본에 종속되어 나타난다. 시적 화자는 사회적 약자인 아르바이트생이다. 찰리 채플린이 받았던 압박을 시간과 공간을 달리하는 데도 그대로 받고 있다. 남동공단의 거대한 기계에 끼어 노동자도 톱니바퀴처럼 돌아간다. 삶의 출구가 보이지 않는다. 증대되는 현대인의 파편화와 고립은 "꿈은 현재진행형으로 꼭 데리고 다녀야 해/ 그럼에도 경계태세를 취하는 것은 빨래집게 같은/ 안전장치가 미덥지 못해서지"(「빈 집」)처럼 꿈을 지키기 위한 기제로 나타난다. 톱니바퀴에 끼어 돌아가는 '나'의 구원자는 꿈이다. 미래에 대한 꿈은 두려운 현재를 견디는 힘으로 작용한다. 그러자 화자의 눈앞에 푸른 바다가 펼쳐진다. 바다는 태양을 품은 채 꿈은 아름답다고 말한다.

혈맥 왕성한 신경계를 가졌던 철길이
무릎관절염을 앓는다

편집 매뉴얼이 지시하는 대로
우루루 몰려왔다 흩어지는 인파
흔한 일상을
아등거리게도 번지게도 곤두세우기도 하던
문자 메시지를 받고도
멀뚱하게 바라보고 선 이정표
오늘은 입맛도 쓰다

어제와 접속을 시도하는
수도권 전철 1호선
시간의 체세포마다에
링크를 건다

―「인천역 3번 출구」 전문

전철은 파편화되고 고립된 존재를 싣고 철길을 달린다. 주체들은 세계로부터 받은 상처를 내면화한 채 시시포스가 되어 바위를 산꼭대기로 밀어올린다. 결국 바위는 자체의 힘을 이기지 못하고 산 아래로 굴러떨어지겠지만, 바위를 밀어올리는 행위를 멈추지 않는다. 계속 반복되는 노동의 결과 주체는 "혈맥 왕성한 신경계를 가졌던 철길"처럼 무릎관절염을 앓는다. 현대인들의 삶은 역동적으로 공간을 관통하는 전철을 닮았다. 지칠 줄 모르고 꿈을 향해 자신의 모든 열정을 불태운다. 자연 상태에 놓인 인간들이 "우루루 몰려왔다 흩어지는 인파"가 되는 곳이 전철역이다. 자본의 부정적인 힘 때문에 파편화된 존재들이 "어제와 접속을" 시도한다. 전철을 타고 공간을 관통하는 시민들은 어제를 딛고 내일로 나아간다. 전철은 현재의 결박을 풀며 상실과 상처를 끌어안고 간다. 삶의 주체들은 "시간이 체세포마다"에 살기 위해 "링크를" 거는 행위를 계속한다. 파편화되어 고립되었지만, 시시포스가 찾은 삶의 목표처럼 행위에 대해 의미를 찾는다.

시적 주체는 파편화되어 고립된 존재이다. 하지만 거대한 자본의 톱니바퀴에 끼어 돌더라도 자의식은 분명하다. 파편화는 상실을 막기 위해 필요하다. 그러므로 고립은 상처를 받지 않기 위한 방어기제이다.

2. 휘발되는 현실

사회는 다양한 계층으로 구성되어 있다. 상류계층이 바라보는 세계는 문명의 꽃이 만개한 살기 좋은 곳이다. 그들은 원하는 것은 웬만하면 얻을 수 있다. 저택에서 호화판 파티를 열 수도 있고, 온갖 향락에 빠져 살 수도 있다. 명품의 소비는 일상적이다. 이들의 철학은 빈곤하고 욕망은 강하다. 자본이 주의가 된 세계에 우리가 살고 있기 때문이다. 하지만 하류계층은 최소한의 소득도 보장되지 않아 사회에 무감각하고 절망감으로 위축된다. 약자는 자본주의가 피워내는 찬란한 문명의 꽃들에 무감각하다. 문명의 꽃밭에서 약에 취한 듯 즐겁게 노는 호모루덴스는 상류계층의 또 다른 이름이다. 하류계층의 후각은 오래 전부터 퇴화가 진행되었고, 혀끝에서 감도는 미각 또한 퇴화하는 중이다. 약자들은 사회의 다양한 공간에서 투명인간으로 존재한다. 소득이 없어 현실에서 증발하기 쉬운 상태이다. 그러므로 쉽게 휘발되는 현실과 함께 이들은 파편화된다. 쉽게 휘발되지 않기 위해 온몸으로 자의식을 생산해낸다.

빠져나올 방법은 없다 책갈피 어디쯤 꽂아둔 이름에 과거완료형으로 속엣말을 꺼낸다 조조 영화 4,000원 100년이 넘게 드나든 발길들과 약속을 손빛으로 쓸어 모은다 여름날 싸리재고개 수선스러운 아스팔트 길에 검정나비 한 마리 접힌 허리를 두드리며 발을 주무르라 한다 매표소 아래 턱 괴고 있던 주름을 편다 괄호로 된 장난기를 달아놓으면 문고리 앞에서 기웃대던 하늘타리꽃 꽃장판 위에서 고분고분하다 켜켜이 쌓인 먼 시간의 숲을 향하여 뒷짐을 지고. 입장

　　　　　　　　　　　　　　　　　　—「애관극장」전문

오래된 이야기에서 빠져나온 철교가
고른 치열을 드러내 노랗게 웃는다

눈꺼풀에 가둔 잠이
물밑을 파고드는 시간

떨이로 남겨진 봄이 부르튼 발바닥을 털면
길 건너 건널목에 모여든 소문을
채반에 부채꼴로 펴널며
눈흘기는 비린내

한껏 허리를 꺾은 버드나무에게
내일을 흥정하고
저녁 걸음을 서두르는 라일락

　　　　　　　　　　　　　　—「소래철교」 부분

　사회적 약자일수록 휘발되는 현실이 주는 삶의 무게를 더 크게 느낀다. 루카치가 언급한 것처럼 신에 의해 보호받던 시대가 행복했을 것이다. 신에 대한 고대인의 믿음은 확고했기 때문이다. 신이 사라진 시대의 인간은 근원적 불안감에 시달린다. 스스로 즐거움과 기쁨을 생산하기 위해 노력한다. 신이 주었던 자연의 즐거움보다는 인위적인 즐거움에 빠져든다. 「애관극장」의 화자는 "책갈피 어디쯤 꽂아둔 이름에 과거완료형으로 속엣말을 꺼낸다"고 지난 시간대의 특별했던 공간을 떠올린다. 극장은 인간이 만들어낸 허구적 스토리를 텔링하는 곳이다. 휘발되는 현실을 잊기 위해 "100년이 넘게 드나든 발길들"이 있었다. 그리고 불안한 현실을 감당해내려 "약속을 손빛으로 쓸어" 모으던 시간이 있었다. 이들은 삶의 호흡을 잃지 않으려 "검정 나비 한 마리 접힌 허리를" 두드리던 시절을 소중히 간직한다. 시적 화자는 '애관극장'을 떠올리며 과거를 괄호 안에 묶어놓고 성찰하기 시작한다. 당시 그곳의 추억이 하늘타리꽃으로 만개한다.

소래철교는 일제강점기 때부터 현재까지 우리의 호흡이 배어 있는 곳이다. 일제강점기 때는 천일염을 수탈하기 위한 목적으로, 현재는 소래사람과 월곶사람들의 통행로로 쓰인다. 협궤열차에서 낭만을 찾았던 시절도 있었다. 하지만 소래철교는 휘발되는 현실을 붙잡고 싶었던 사람들의 의지가 압축적 이미지로 살아 있는 곳이다. 날것의 언어로 "길 건너 건널목에 모여든 소문을" 듣던 공간이다. 도태되지 않기 위해 적극적으로 파편화되었던 사람들의 생의지가 이곳으로부터 시작된다. 그러기에 이들은 "내일을 흥정"하는 것에 망설임이 없다. 약자들은 쉽게 휘발되지 않기 위해 자욱이 낀 안개를 걷을 것이다. 소래철교가 소래포구와 월곶을 잇는 것처럼 삶과 현실을 이을 것이다. 「소래철교」의 시적 화자는 눈물을 숨기고, 내일의 라일락꽃을 피운다. 휘발되는 현실은 고정불변하는 것이 아니기 때문이다.

납작해졌던 생각이 돋아나
하나둘 피어나면
젖은 앞치마를 벗으며 총총히 걸어가는

야간 교대 근무자

멀리서 안개가 스르륵
외투를 벗어들고 인사를 하면
정지되었던 화면엔 어지럽게 그려진 발자욱들
아카시아 향처럼 부풀었다가
알아서 헝클어져 제 길을 간다

잠의 필터를 걷어내자마자
제 것만 챙겨 떠나는 말의 뒤통수를 바라보느라
쉽게 되돌아서지 못하는
기압골의 언덕엔
　　　　　　―「인천공항 ― 천상열차분야지도天象列次分野之圖」 부분

　파편화된 존재들이 별자리를 만든다. 창공에 뜬 별로 반
짝이며 주체의 길을 비춘다. 우리는 아포리아 앞에서도 희
망을 잃지 않는다. 절망을 딛고 미래로 가는 힘은 별자리
의 무늬에서 발현된다. 사회적 약자가 "젖은 앞치마를 벗
으며 총총히 걸어"갈 수 있는 것은 창공에 뜬 별 덕분이다.
별은 휘발되는 현실을 밝혀 진리에 접근하게 만든다. 주
체가 파편화되지만, 비극적 파멸은 오지 않는다. 파편화로
방어기제를 삼으며 사태의 비극성을 막기 때문이다. 약자
들은 약자들끼리 반갑게 "외투를 벗어들고 인사를" 한다.
그리고 심리적 연대로 사라지는 순간을 붙잡는다. 또한 휘

발되는 현실을 묶어놓기 위해 서로의 얼굴을 바라본다. 화자의 생의지는 "아카시아 향처럼 부풀었다가" 허공을 물들인다. 때로는 현실의 난관을 해독하기 위해 별의 지도를 펼쳐본다. 별자리를 독해하는 일은 끊임없이 휘발되는 현실의 반복을 막겠다는 의지이다. 화자는 별을 가장 가까이에 볼 수 있는 공항에서 "알아서 헝클어져 제 길을" 가는 꿈꾸는 복제된 자아를 응시한다.

　서순남 시에 등장하는 시적 주체들은 휘발되는 현실을 붙잡기 위해 노력한다. 불확실한 현실에 맞서 삶의 현장에서 생의지를 불태운다. 화자는 휘발성의 프레임에 갇혀 절망하지 않는다. 사실을 디테일하게 재현하며 프레임을 찢는다.

3. 도시의 욕망

　이미 라캉이 언급했듯이 욕망은 타자의 욕망이지 자신의 욕망이 아니다. 그리고 욕망은 욕구와 달리 충족될 수 없다. 욕구인 식욕이나 성욕 등은 얼마든지 충족될 수 있다. 하지만 욕망은 인간 주체가 살아가는 동안 욕망 그 자체가 끊임없이 재생산되기 때문에 충족되지 않는다. 욕망은 사회적이며 욕망의 발원 지점은 타자의 영역이다. 다시 말해 욕망은 우리가 생각하는 것보다 훨씬 더 사회적이다. 순수하게 자신의 내면으로부터 발생하는 내밀한 욕망은 존재하지 않는다. 욕망은 사회가 만들어놓은 구성물이며, 타자들의 욕망을 자각하는 과정에서 발생한다. 쉽게 말해보자. 왜 명문대를 가려 하는가. 타자가 그곳에 욕망을 두고 있기 때문이다. 왜 권력을 얻으려 하는가. 타자가 권력에 욕망을 두고 있기 때문이다. 왜 부자가 되려 하는가. 타자가 부자에 욕망을 두고 있기 때문이다. 이렇듯 욕망은 타자의 욕망이다. 순수한 주체의 욕망은 존재하지 않는다. 그러므로 도시에는 다양하게 시뮬라시옹된 욕망이 있을 수밖에 없다.

꽃무늬 시스루 원피스를 입고
빈자리마다 별을 심는 여자들
손등으로 오늘의 매출을 가늠하며
시간의 뒷이야기에도 귀를 기울인다

저녁나절까지 팔리지 않은 푸성귀 같은 초록
종일 자신을 교정 중이던
그늘의 기울어짐 같은 건 외면해도 될 걸

비린내가 배일까봐
둥그스름하게 어깨를 틀던 햇살의 목소리엔
가지마다 물길을 내면 될 걸

오늘은 복사해놓고 내일을 부르는 박수
콧날 시큰한

―「주안역 지하상가」 부분

상가는 욕망의 지향점들이 다양하게 전시된 곳이다. 타자들의 욕망과 충동이 상품으로 빛을 발한다. 욕망은 타자의 영역 속에서 끊임없이 충동을 확장한다. 상가는 다양한 상품들로 욕망을 실현해줄 것처럼 타자들을 유혹한다. 단일한 욕망은 다양하고 분화된 상품으로 현현하여 타자들을 흥분시킨다. 욕망은 타자의 영역이 분명한데 어느덧 주체도 타자의 욕망을 내면화한다. 은밀하게 "손등으로 오늘의 매출을 가늠하며" 충동은 욕망 앞으로 다가온다. 붉은 저녁노을이 하늘을 물들이듯 욕망은 가슴속으로 스며든다. 주체는 시각과 청각으로 타자들의 욕망을 알아내는 데 성공한다. 상품을 소유하지 못했다는 결여는 충동으로 대상을 지향한다. 세계를 응시하는 주체는 "오늘은 복사해놓고 내일을 부르는 박수" 소리를 듣고자 한다. 모든 인간 주체는 타자의 욕망을 자신의 욕망으로 만드는 기술자이다. 자신도 모르게 내면으로부터 치솟는 욕망에 따라 움직인다. 욕망은 상품을 소유하는 순간 또 다른 욕망의 지향점을 만든다.

석쇠 위에선 마수걸이도 못한 내일이 익어가는데
속눈썹을 붙인 골목이
자글거리는 고등어를 뒤집는다

가로수 아래 허벅지를 드러내고
옆구리부터 구부러지는 날짜들
웃자란 시선을 한 자 베어내면

열린 철대문 너머 슬리퍼 소리를 따라 흔들리는

이젠 꽃잎을 닫을 시각이야
적금통장을 삼킨 침샘이 자체 검열을 하면
열꽃처럼 도드라지는 단내

—「옐로하우스」부분

　걸핏하면 낮잠이나 자는 휴게소 자판기에서 뽑은 카페
라떼를 눈썹 하나 까딱없이 비운다 첫 월급을 탔을 때의
마음으로 보정속옷을 사러가야지 일상은 걸음걸이에 한
참 못미처 동동거려도 달력에서는 생글거리며 일어서는
꼭짓점 배탈이 나서 쪼그려앉았던 보도블록이 으르렁거
리면 손잡이에 매달려 놀던 옛이야기가 늙은 대문 안으
로 달려들어온다 저울질 하나 없이 앉고 싶은 곳을 맘대
로 정하는 무거워진 엉덩이 고집대로 사느라 빚어진 몸
의 굴곡 무늬 잘못 맞춘 벽지가 되어버린 원피스를 흘끔
거린다

—「비만 클리닉」전문

　욕망을 이루기 위해선 원하는 재화를 얻어야 한다. 인
간 주체들은 재화를 얻기 위해 경제활동을 하는 존재이다.
「옐로하우스」의 주체들은 "가로수 아래 허벅지를 드러내
고" 타자들의 욕구를 충동한다. 타자들은 성욕이라는 실
현 가능한 욕구를 충족하기 위해 모여든다. 표면적으로 시

적 주체들은 타자의 욕구를 충동하여 자신의 욕망을 달성하고자 성을 판다. 하지만 분명한 것은 성을 상품으로 만든 자들은 따로 있다. 욕망을 추종하는 천민자본주의 민낯이 옐로하우스에 분절되어 나타난다. 성적 욕구는 "이젠 꽃잎을 닫을 시각"에 정확히 멈춘다. '꽃잎'은 성의 은유이다. 자본주의는 성을 시장에 맡긴다는 측면에서 비윤리적이다. 그렇다면 시적 화자가 진술하는 "적금통장을 삼킨 침샘이 자체 검열을" 하는 주체는 누구인가. 옐로하우스의 주체는 이곳의 여인들이 아니라 이들을 도구화한 포주들이다. 우리나라는 전통적으로 성을 억누르는 문화를 가지고 있다. 성을 억누르다 보니 성의 환상성은 커지고 음성적인 성산업이 발달하게 되었다. 우리 문화가 천민자본주의를 만나 또 하나의 분절된 충동을 만들어 낸 것이다.

「비만 클리닉」은 루키즘 문화가 만들어낸 산물이다. 사회적 경쟁력을 갖기 위해 자신의 외모는 상품이 되어야 한다. 루키즘 또한 타자가 만든 욕망이다. 거울에 비친 모습 즉 타자의 시선을 중요시한 것이다. 거울은 타자의 눈이다. 루키즘은 타자의 요구에 따라 등장한 문화이다. 루키즘에 지배당한 주체는 "자판기에서 뽑은 카페라떼를 눈썹 하나 까딱없이" 비우는 행위에 죄책감을 느낀다. 화자는 가슴속에서 뜨겁게 일렁이는 욕망을 충족해야 한다. 그러려면 내 몸이 상품이어야 한다. 욕망은 끊임없이 분절되고 충동으로 뛰는 심장은 멈추지 않는다. 결핍의 자각은 무조건적 욕망으로 발전한다. 따라서 시적 화자는 "저울질 하나 없이 앉고 싶은 곳을 맘대로 정하는 무거워진 엉덩이"를 탓한다. 비만은 욕망이 가는 길을 막는 장애물이다. 비만 때문에 욕망의 대상은 끊임없이 지연된다고 화자는 믿는다.

도시는 타자화된 욕망으로 가득 차 있다. 주체가 행복해지려면 타자화된 욕망에서 벗어나야 한다. 욕망은 타자가 만들어놓은 사회적 시뮬라크르에 지나지 않는다. 따라서 미스터리하게 내면화되어 타자와 주체를 동일시하는 욕망은 허구이다.

4. 주체의 얼굴

신의 죽음을 딛고 탄생한 근대 이후의 주체는 모든 것을 발 아래 복종시켰다. 이때부터 주체가 신에서 인간으로 바뀐 것이다. 합리적 인식의 틀 속에서 주체는 강력한 근대성의 적자였다. 근대화와 사회적 진보는 신 중심의 세력에 대한 저항으로부터 발전되었다. 생각하는 주체는 새로운 질서를 만들었다. 그리고 그 위에 화려한 문명을 꽃피웠다. 근대과학의 힘은 근대 이전의 문명을 순식간에 초라하게 만들었다. 하지만 이렇게 탄생한 근대의 주체는 양차 세계대전과 오리엔탈리즘 등에서 볼 수 있듯이 폭군의 모습으로 변했다. 약자들은 새롭게 등장한 주체에 의해 지옥을 경험했다. 욕망이 강했던 근대의 주체들은 너무 많은 타자에게 고통을 주었다. 이제 근대 주체에 대해 비판의 목소리가 높아지고 있다. 마르크스는 주체를 물적 토대로, 니체는 힘에의 의지로, 프로이트는 무의식에 복종하는 존재로 보았다.

신이 생각하는 주체에 의해 죽임을 당했듯이 근대의 생각하는 주체도 주체의 절대성에 의문을 가진 자들에 의해 죽임을 당한다. 이제 주체는 파편화되고 고립된 존재의 얼굴을 하고 있다. 초라한 우리들의 모습이다.

> 종일 꽃향기를 수집하던 배추흰나비들
> 무심히 앉아 날개를 쉬는 파라솔 아래
> 온몸이 구겨진 어제가
> 미처 빠져나가지 못한 지로용지를 내민다
> 거절할 틈도 없이
> 물기가 맺히는 못갖춘마디
> (중략)
> 화장실에서 상사 험담하다 들킨 여직원처럼
> 헛짚은 발을 미처 거둬들이기도 전인데
> 모난 곳에서 둥글어지는 게 프로의 자세라며
> 다음 동작을 받아 적으라고 한다
> 새로 갖다놓은 사다리를 오르려면 제한시간 전
> 책상 밑에 숨은 첫마음을 다시 불러내야 한다
> 아직 엎질러진 生까지는 아니야
> 배구공 받아치는 자세를 취해본다
> 두려울 것 없는 시절이 들어앉는다
>
> ―「편의점 김 군」 부분

물적 토대에 지배당하는 주체는 "온몸이 구겨진 어제가/ 미처 빠져나가지 못한 지로 용지"를 받아드는 모습으로 나타난다. 이 시에서 생각하는 주체의 당당한 모습은 사라지고 없다. 물질에 지배당하고 고통받는 사회적 약자의 일그러진 초상만 있을 뿐이다. 자본주의 시스템이 공고한 시장에서 주체는 살기 위해 몸부림친다. 하루하루가 살얼음판을 걷는 위기의 순간이다. 사회적 강자들은 살얼음판이 꺼져 가라앉는 약자들을 보고도 모른 채한다. 근대 이전의 사람들은 당시의 주체였던 신에 희망을 걸었지만, 근대 이후의 사람들은 사회에 던져진 존재이므로 희망이 없다.

자본주의는 일정한 재화를 놓고 경쟁하는 구조이기 때문에 누구도 구하려 들지 않는다. 생존하기 위해 "모난 곳에서 둥글어지는 게 프로의 자세라며" 자신을 위로한다. 이처럼 사회에서 고립된 모습으로 주체는 부각된다. 자연 상태의 사람들은 모두를 적으로 만들고 싸운다. 삶의 주체가 물적 토대 아래서 쓰러질 때, 주체는 무릎 꿇고 구원을 요구할 대상이 없다. 다만 "아직 엎질러진 생生까지는 아니야"라고 중얼거리는 것으로 위안을 삼는다.

별과 별 사이를 건너뛴 종이비행기가 무사히 착륙할
동안 졸던 별빛이 담장 밖으로 시선의 페달을 밟을 동안
시간밥을 먹으며 사는 완행열차의 걸음에서 토실거리는
희망 하나를 끄집어내는 동안 마법에서 풀려난 배터리가
전이된 분자로 사부작사부작 다가가는 동안 침묵을 총총
꿰맨 식당 앞치마가 수선집 재봉틀과 손잡고 도시의 변

두리를 서성거리는 동안 가는 길목마다 동그라미 하나씩
낳는 동안 낯선 길에서 만난 안내판의 응원이 제자리를
벗어난 샤워기 꼭지처럼 지그재그로 튀는 동안 참고서
부록 같은 지팡이를 짚고 당신에게로 가는 동안 불균형
한 어깨를 가진 한 사내가 모퉁이를 털레털레 돌아서 우
주 밖으로 사라지는 동안

—「동안」 전문

　시적 화자가 「동안」에서 보여주는 진술에는 근대 주체
의 당당함이 존재하지 않는다. 파편화되고 고립된 주체의
억눌린 모습만 있다. 강한 주체에게 지배당하지 않기 위
해 약한 주체는 스스로 보호색을 띤다. 모든 것들을 자신
앞에 무릎 꿇린 근대 주체의 모습은 사라진 지 오래다. 힘
에의 의지로 무장하지 못한 주체는 "시간 밥을 먹으며 사
는 완행열차의 걸음에서 토실거리는 희망 하나를 끄집어
내는 동안"을 견디는 존재이다. 인간의 진화 과정에서 축
적된 무의식에 지배당하는 존재가 주체의 탈중심화를 부
추긴다. 이제 신도 죽었고, 데카르트 이후의 생각하는 인
간도 죽었다. 현재를 견디는 주체는 살기 위해 무수히 많
은 방어기제를 만든다. 이성에 의해 저질러진 수많은 홀
로코스트 때문에 생각하는 주체의 절대성은 무너졌다. 초
라해진 주체는 "불균형한 어깨를 가진 한 사내가 모퉁이를
털레털레 돌아서 우주 밖으로 사라지는 동안"을 지켜본다.
권위가 무너지고 가치의 확실성이 휘발되는 순간이다.

근대 이후 주체의 얼굴은 신의 모습에서, 인간의 모습으로 바뀌었다. 생각하는 주체에 대해 우리는 의심하지 않았다. 인류가 일찍이 경험해보지 못했던 문명의 꽃이 그것을 증명한다. 자연과 사물을 절대적 타자로 만들자 주체는 절대적인 힘을 갖게 되었다. 강한 주체는 약한 타자를 자신에게 종속시켰다. 타자를 자신의 욕망으로 환원시키고 동일시하여 신자유주의를 만들어냈다. 하지만 우리가 믿었던 존재와 의식의 동일성은 무너졌다. 세계화가 소리 없는 총성으로 작용하기 시작했기 때문이다. 인간은 생각하는 주체처럼 무의식에 의해 지배받는다. 주체로서의 인간은 사라지고 자율성 또한 박탈당한 채 살아가는 존재만 남는다. 매미가 벗어놓고 날아간 껍질 같은 존재이다. 결국 인간은 타자적 코드에 의해 움직이는 유기체에 지나지 않는다.

에필로그

　서순남의 시 쓰기는 휘발되는 현실 앞에 해체되지 않기 위해 파편화되는 주체의 기록이다. 파편화는 변증법으로 부당한 세계에 맞선다.

현대시세계 시인선 **106**

인천역 3번 출구

지은이_ 서순남
펴낸이_ 조현석
기 획_ 백인덕, 고영, 박후기
펴낸곳_ 북인
디자인_ 푸른영토

1판 1쇄_ 2019년 10월 30일
출판등록번호_ 313 - 2004 - 000111
주소_ 121 - 842 서울 마포구 서교동 467 - 4, 301호
전화_ 02 - 323 - 7767
팩스_ 02 - 323 - 7845

ISBN 979-11-87413-60-8 03810
© 서순남, 2019

이 도서의 국립중앙도서관 출판예정도서목록(CIP)은 서지정보유통지원시스템
홈페이지(http://seoji.nl.go.kr)와 국가자료종합목록시스템(http://www.nl.go.kr/
kolisnet)에서 이용하실 수 있습니다. (CIP제어번호 : CIP2019041934)

이 책은 인천광역시, (재)인천문화재단, 한국문화예술위원회 지역협력사업으로
선정되어 발간합니다.